U0104454

心有花田万事香

姑苏阿焦——著

CNS 湖南文艺出版社 HUNAN LITERATURE AND ART PUBLISHING HOUSE 博集天卷 CS-BOOKY

人间一趟，无非是：

凡尘俗世间的念想，
混沌生活中的渴望。

匆忙光阴里的逗趣，
慌张行路外的从容。

自序

这是一本关于你我的人生态度之书——我们看到怎样的人间，人间就看到怎样的我们。绘画这些年，在笔耕不辍间，阿焦仍旧愿意以寻常生活中的点滴，创造人生的自在与欢喜。

这本书多了些形象，除了大家挚爱的张三和猫咪（黑的叫黑妞，黄的叫王富贵），还有我喜欢的小猪不惑以及我落笔总成欢的少年。这些形象都代表了我对创作的无比热爱，是我人生中不可分割的一部分。

小猪不惑的由来大概是自小就喜欢猪八戒，我总感觉它身上有着现代人想上进又时常偷懒的特性。其实不惑也是个成年人的形象，所谓四十而不惑，故而取名为“不惑”。它不拘小节，亦自得其乐，它努力奋斗就像我们在职场一样，但它的慵懒拖沓又是我们的日常。它有那么点正义感，愿意去过俗世的生活，并没有那样完美却格外真实。

所以，我赋予了它一个自由的灵魂。

我出生于二十世纪七十年代末的苏北，我们的少年体验里没有发达的网络，更没有种类繁多的电子设备，但物质的贫乏并没有阻止我们对生活的热爱。我们整天嬉戏于田园山水之间，大自然就带给我们人生中最大的新鲜感，以至于许多年后，那些生猛的、孤单的、游戏的少年时光，仍然在治愈着我们忙碌的中年。

于是，“二货”一般的少年光景——摸鱼捉虾、爬树揭瓦……在我的笔下复活了。我们在无忧无虑中以赤诚勇敢之心走向了外面的世界，留下了许多鲜活且生动的少年回响。

张三是一个略显油腻的中年男性，他憨态可掬，随性且自由，真诚且不做作，演绎着中年人的喜怒哀乐。他常常幽默，偶尔正经，心怀乐观，有着自己的欢喜和自在。

张三是怀旧的，亦是世俗的。我只是希望用这样一个人物形象来记录我们的日子，说说我们的庸常。

都说画画的人喜欢养猫，于我而言，只是一个“懒”字——因为猫不必遛。它们跟你相处没有那样多的感情，可近可远，各自随性。

我的第一只猫是别人送养的黑色折耳小母猫，取名为黑妞，我和它相处得比较久，所以画里大多数猫的形象是以它为蓝本。后来朋友捡来了一只橘猫，因生得富态而显得威武，有王者之气，故而取了个俗名——王富贵。至此，我的笔下常以这两只猫来演绎不同的生活。

黑妞慵懒又自由，依恋着张三却又有着自己的江湖，它有些丧丧地活着，却又不失自己的淘气，它有着自己的小思想、小情趣，活得自我且无所顾忌。

王富贵高冷且傲骄，有着自己的小算盘，常常以一副事事通透的姿态看待一切，有些老气横秋，从里到外透着自己的小聪明。

绘画是一件幸福的事，它表达着我对这个世界的看法与共情，也让我的想象力与创造力发挥到了极致。相较于成才我更愿意成事，做一件是一件，去积攒其中的各种心得与经验。

大道理人人都懂，小情绪难以自控，这是现代人的通病。在得与失的裹挟里，在欲望和虚荣之间，每个人或多或少都有着自己的软弱与疲倦，而这些画和字，希望能成为你人生中短暂的治愈与安慰。

姑苏阿焦

2023 年 10 月 苏州城

目录

一尺平生一丈闲，
半寸欢喜买人间。

不惑

见惯了人世却仍动情

少年

没有一个人愿意长大

张三

我在人间找乐子

猫咪
不如做只猫

专属篇
我有一朵花

见惯了人世却仍动情

不惑

知世故而不世故，历圆滑而弥天真；
善自嘲而不嘲人，处江湖而远江湖。

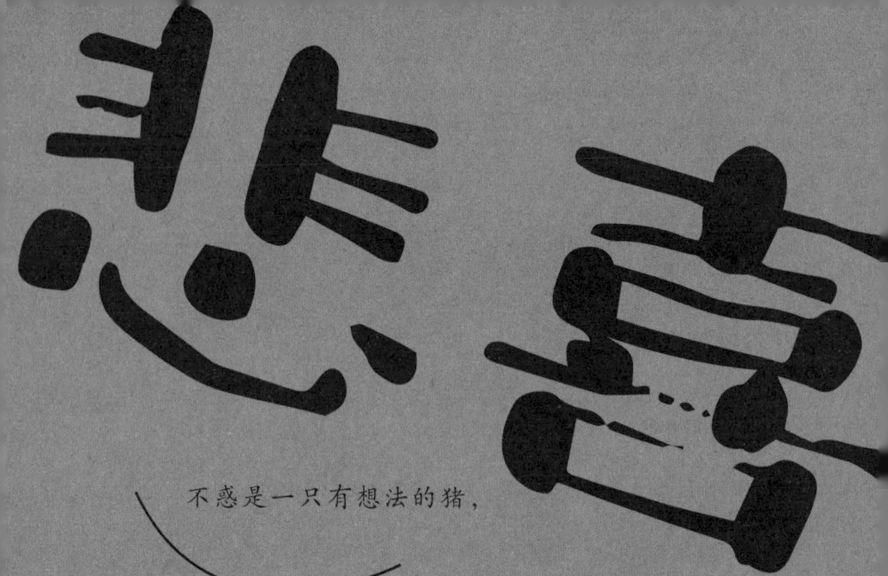

不惑是一只有想法的猪，

喜欢独处，
有自己的梦想和执拗。

他人

虽然日子总是坎坷的，
满是鸡毛蒜皮，

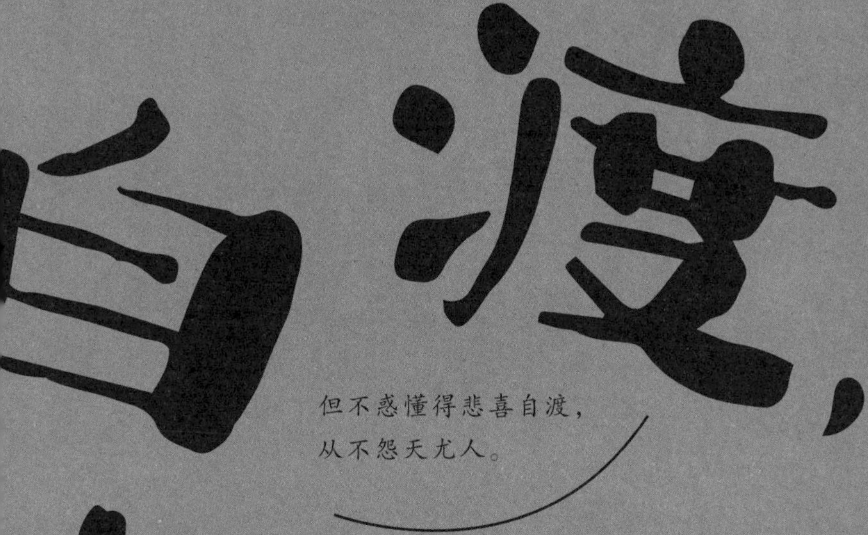

但不惑懂得悲喜自渡，
从不怨天尤人。

不惑有个自由的灵魂。

年轻时候的不惑也很傲娇吧，

爱听流行歌曲，跳过三步四步，

有过心仪的姑娘，

青春在校园的光环下，

也曾熠熠生辉。

为什么分手总是在雨季？

谁的青春里没有一两个用来回忆的人？

也曾自言自语，用酒精麻痹过光阴，

后来想起来总是觉得，

少年时的爱情直白、简单也纯粹。

二十岁的时候觉得可以四海为家，

三十岁的时候觉得在这个城市能安家就是幸运的，

四十岁知道自己有老有小，

仍旧需要忙碌与奋进。

有一天看到楼下的孩子在玩游戏，

想起来那一年冬天上学的路上，

滚铁环在手中游刃有余，

而耳边是来自山河湖海的风声，

便觉得自己无所不能，

自由得和世界融为一体。

早出晚归是城市人的常态，
冬天时起床是件不容易的事情，

用意念打破身体的困顿，

身体被车水马龙裹挟着前进，
灵魂依旧贪恋着被窝里的余温。

贪念

冬日初起，天气越来越寒冷，
这个城市的街道和巷子有自己的韵味，
偶尔入个镜有点不敢相信，
岁月就是把杀猪刀，
稀疏了头发，肥了身腰。

岁末将至，

这一年走过酷热，走过冰寒，

也虚度过无所事事的时光，

勉强把这一年过得平安顺遂，

那些操过的心，有过的忧虑，

匆匆忙忙中一并消散在风里。

有些晦涩在夜晚容易放大，
回到清晨的光亮和明媚中，
便觉得那些恼人的且微不足道的情绪有些消沉，
无须那么多自怨自艾，
水来土掩，兵来自个儿挡便是。
洗洗睡吧！

结语

一切拟人的东西都来自我们内心的映射，
我们需要些温暖、调侃、可爱来相伴光阴，
你看到这些时莞尔一笑便是我们的暗号，
当你说『人生啊』欲言又止时，
我想起少年时站在学校阳台上，
一帮男生唱着：
『他说风雨中这点痛算什么，擦干泪，不要怕，至少我们还有梦！』
不惑终究是学会了悲喜自渡，
用自由的灵魂去对抗生活的磨砺时感动如初。

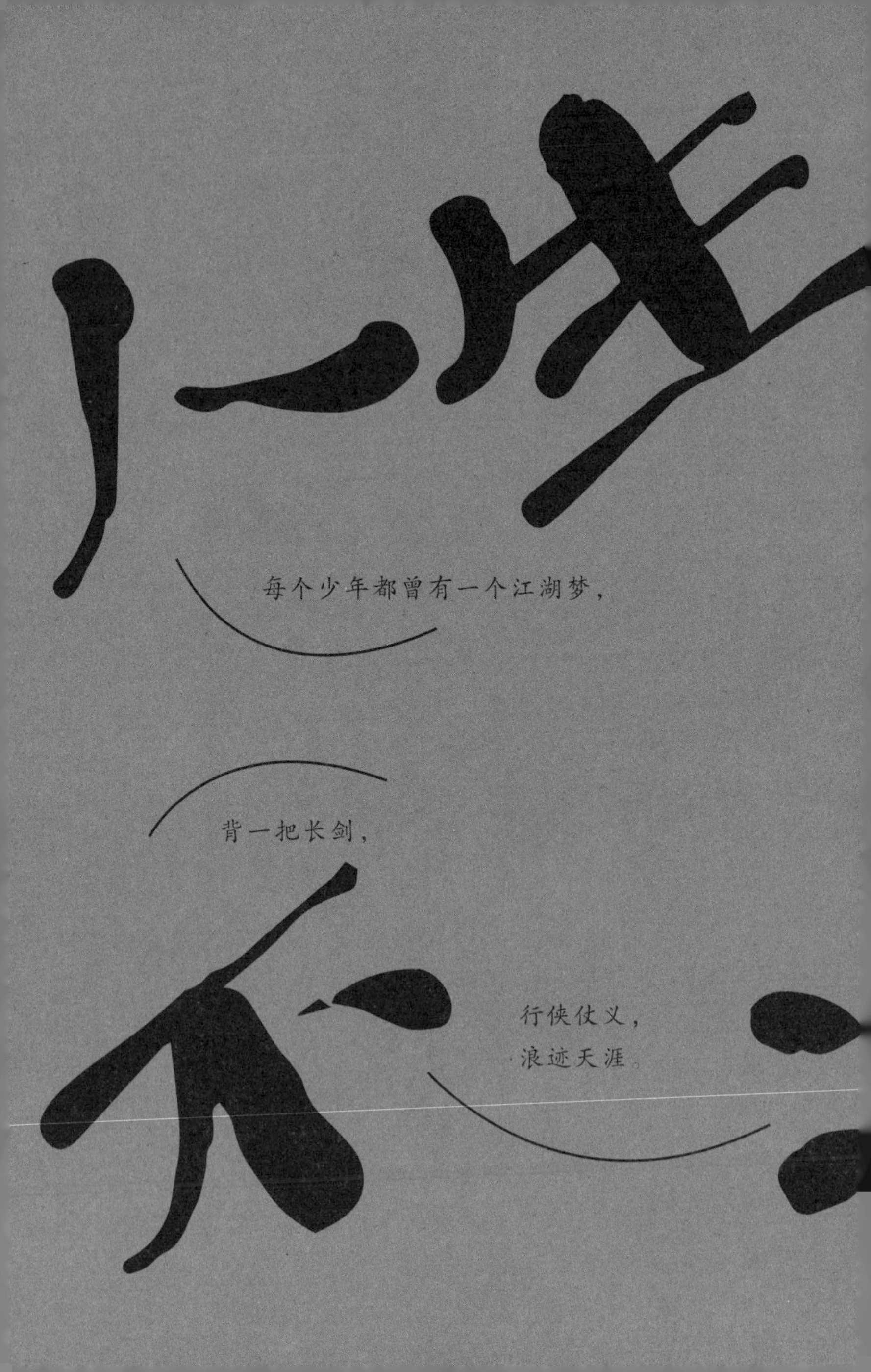
每个少年都曾有一个江湖梦，
背一把长剑，
行侠仗义，
浪迹天涯。

何处
江湖
每个中年人都藏着
一个江湖梦，
三杯两盏淡酒，
足以慰藉平生。

三山五岳，四海九州，

骑最快的马，走最远的江湖。

少年豪气，记忆犹新。

喝最辣的酒，登最高的山，

看最美的景，有最自由的灵魂！

冬练三九，夏练三伏，
唯年少志气不辜负。
想想外面世界的快意恩仇，
总有种蓄势待发的冲动。

江湖是孤独的，

江湖亦是唯美的，

一箫一剑走天涯，

目空一切就好！

自由而不孤独，

傲娇却又独立，

不惑幻想着也有这样的人生。

兜兜转转，

十年一觉江湖梦，

江湖不曾远去，

少年却成劳作的大叔。

酒还是那杯酒，

人已不是昨日的那个少年，

鲜衣怒马，笑傲江湖，

都只是个传说。

结语

我们内心的江湖不过是：
无风无浪无纷争，
简单从容过一生。

可是，人生何处不江湖啊——
看不见的刀光剑影，
经年累月的蓄势待发，
猜不透的人际关系，
早出晚归的摸爬滚打……

罗曼·罗兰说过：

世界上只有一种英雄主义，

就是看清生活的真相之后
依然热爱生活。

英雄

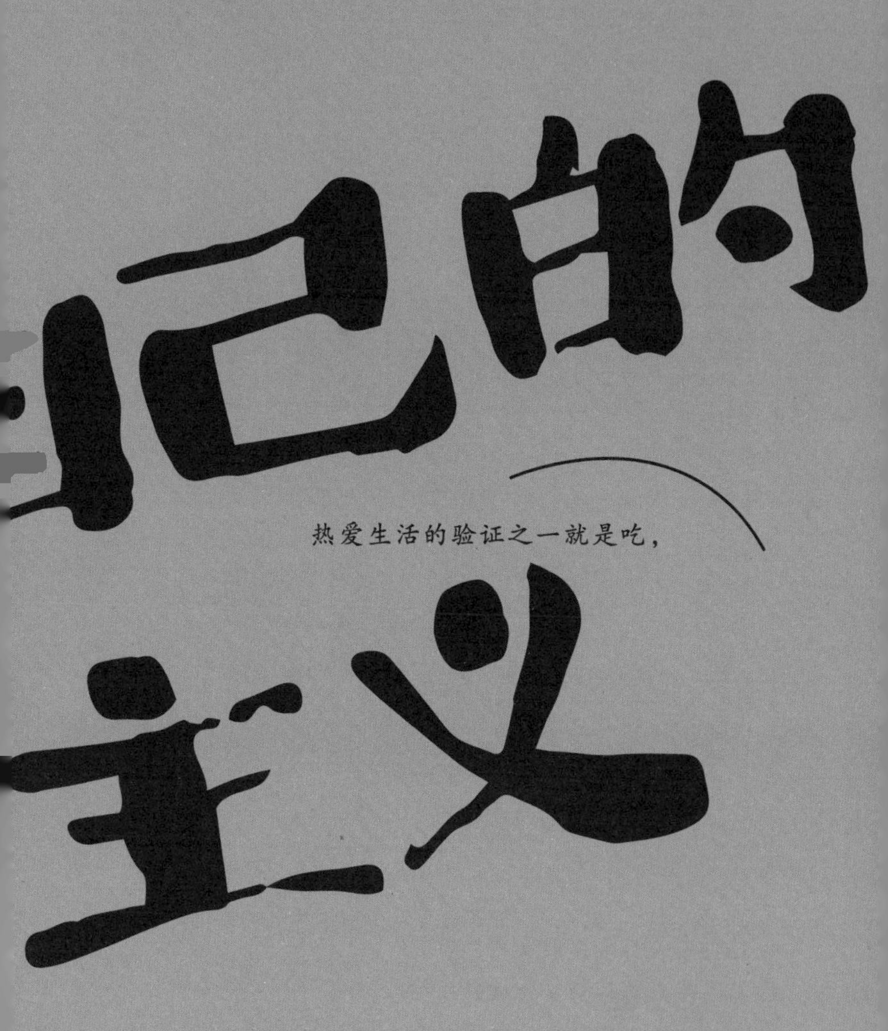

热爱生活的验证之一就是吃，

总有些街边的挚爱让你欲罢不能。

馅饼是人见人爱的食物，
就是不知道从什么时候起，
大街小巷都有了它的容身之地，
想来舌头最懂美味的意义。

对面的执拗一定是从娘胎里就开始了！

吃的从来不只是面，更是浇头，
那是面的灵魂。

清风明月夜，吃着面就着蒜瓣喝瓶啤酒，

那是我不聪明但热爱生活的样子。

街边美食还有一味——烧烤！

如果说生活是一首歌，
那么烧烤一定是歌中的最高音！

在无肉不欢的日子里，
肉通过火的熏烤，吱吱冒油，
再撒上你热爱的调料，
那真是味觉和视觉的双重享受。

老板，再来瓶啤酒！

夏天，啃瓜。

这样的天气怎么能少了西瓜？

西瓜在，人就在，

再炎热心理上也有安慰了。

你说啥？胖？我是个死胖子？

滚一边去！

我说我憨态可掬的样子可以随时翻滚，
生活之哲学，在于美食和折腾。

结语

吃货就是吃货，总有自己的理论。
人生就是人生，总有自己的晦涩。
不过是心向光明，貌似愚笨，
答谢自己在日子里的折腾。

生活的奇妙之处在于无法预知，

所以我们才有勇气期待明天。

正如阿甘妈妈所说的那样：

生活就像一盒巧克力，

你永远不知道下一块是什么味道。

“早起三光，迟起三慌。”
村里头的谚语至今耳熟能详，
就是早起的鸟儿有虫吃的道理。

凡事趁早做，莫拖拉。

新的一天新的开始

鼓足勇气，

以奔跑的姿态冲向生活，

即便身材已臃肿，

态度也很重要啊！

丛林城市，

我们都有各自的大冒险。

平衡生活，平衡心态，

还要打跑内心的小妖怪。

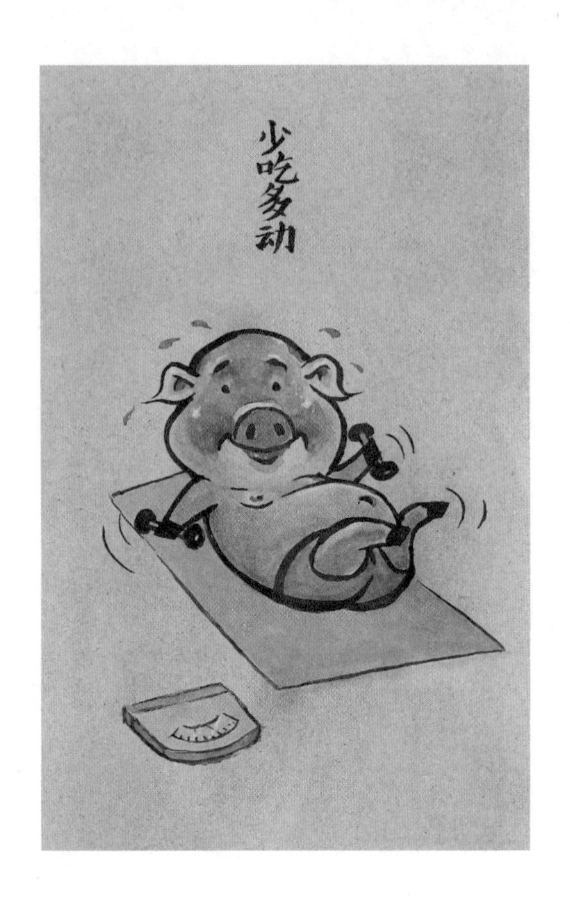

加入时髦生活的行列，

少吃多运动。

减肥是件苦差事，

但我们需要对自己严格一点，

哪怕是偶尔也好。

葡萄架下打个盹儿，

我梦到以前，

以前我们不畏炎热，

奔跑在树林、河堤、田野……

只盼望一场凉意，

好踏踏实实地和自然相偎相依。

有一亩三分地的喜怒哀乐，
也有山高人为峰的向往。

处江湖而远江湖，

生活亦需要几分大侠的姿态啊。

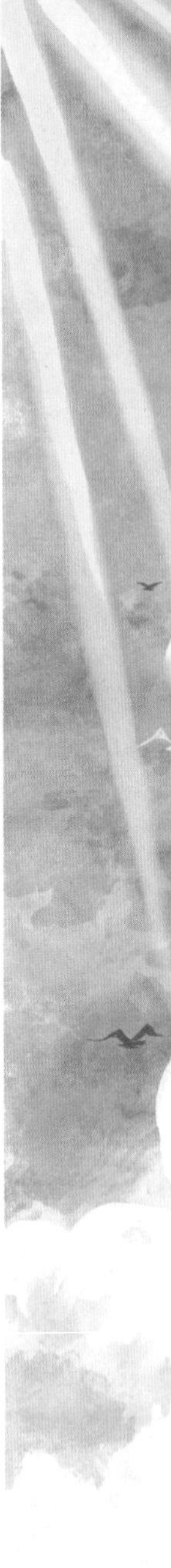

我以我的寻常融入生活，

我以我的不寻常冒险生活，

我热爱这该死的生活！

结语

我们的生活一直都充满了各种不易，
谁的人生不是一部有笑有泪的电视剧！
但我们活在人间同样需要乐观和豁达，
需要自我的认同和调侃。
笑中有泪，泪中坚持笑，
这才是人生啊！

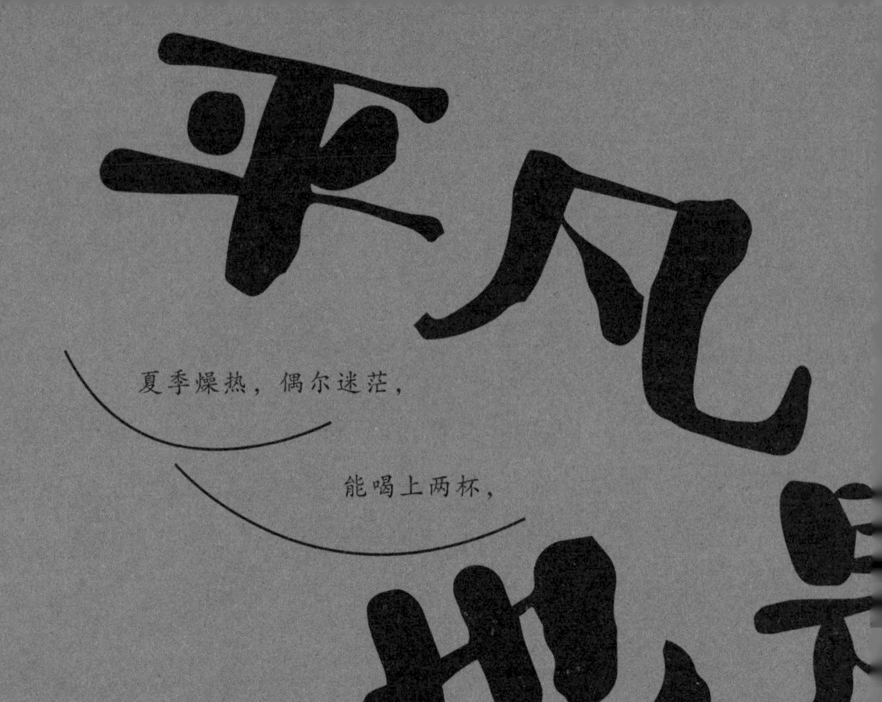

夏季燥热，偶尔迷茫，

能喝上两杯，

找个阴凉地打个盹儿，

一种
答案

便是夏天里的幸福。

这一季的不惑不做大侠，

屈于现实，成为卖瓜的农夫。

练摊的经济迎头赶上，

万一梦想就实现了呢？

趁着日头高，行人少，
喝上两瓶自带的啤酒，
这才是夏天的心情和味道，
忽然有种飞起来的感觉！

哥也曾越过人山人海，

哥也曾看过大江大河，

哥也曾元气满满，没有寂寞。

哥也曾乘风破浪，

周游四方。

行囊背肩上，

梦想光芒万丈！

只可惜江湖风浪大，
虽海上生明月，
但脚下暗流涌。
我本将心向明月，
奈何明月照沟渠。

在江湖横冲直撞，

体验着英雄的沉浮人生。

巅峰或者低谷，

都只是生命的注解而已。

"老板，这瓜怎么卖的？"

哇！

世俗的声响惊醒了我的美梦——

于是，

摔倒的板凳和碎了的西瓜成为眼前的现实。

原来，平凡也是一种答案。

结语

想好好讲一个故事——
一个倒腾梦想、回归现实的中年人，
一个灵魂尚自由、掩藏梦想的中年人，
以及嬉笑怒骂的你和我。

城市生活像丛林里的冒险，

追公交、赶地铁，开车如龟

恋恋过

曾发誓一定要离开拥挤的人群，

去过简单的生活，

只是一回首——总有种恋恋这凡尘的不舍。

起床困难户

我们都有个“夺命连环催”，
它带着生存的使命让你爱恨不能。
睡到自然醒是一个美好的梦想，
它假设着我们可以期许的未来。
起床，上班，开启新的一天！

新周伊始 奔跑吧兄弟

西装革履的打工仔比比皆是，

庸常的生活打磨着我们的心性。

你想改变吗？

还缺乏那么点勇气。

在路上

我们是城市里的游侠，

哪条街、哪个胡同、哪幢楼，

我们谙熟于心。

搬砖的生活偶尔也会令人气馁，

但从门后传来的“谢谢”让人欣慰。

卖体力的人经历风吹日晒，

高楼大厦里坐着熬夜的白领，

在一切艰苦与光鲜的背后，

都是我们的搬砖生活。

恋恋这凡尘是因为你银铃般的笑声，
有着这尘世间最慰藉人心的魔力，

我希望你有一天能如鸟儿般自由，
带着这样的理想我全力以赴。

欢喜

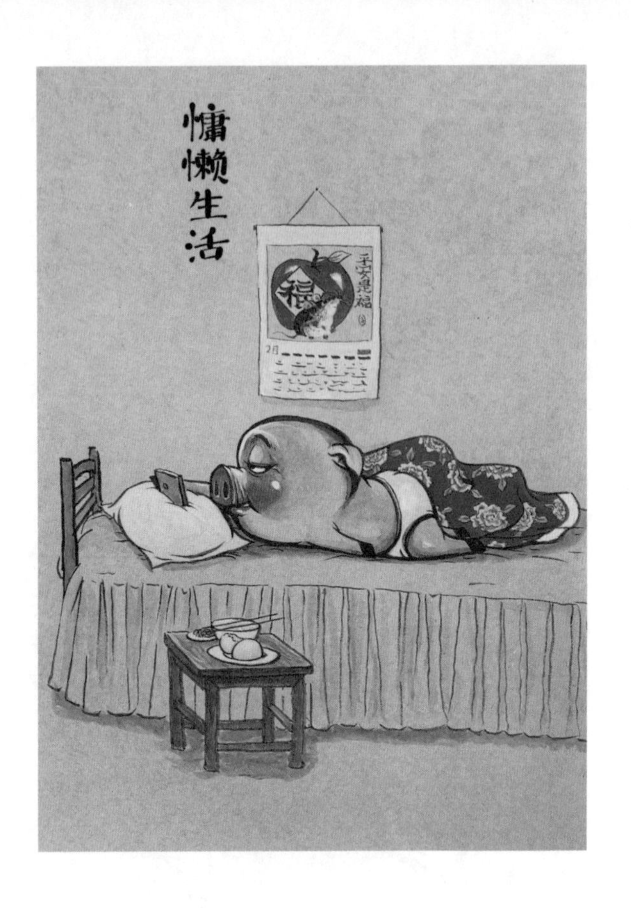

我也偶尔有我的慵懒生活，

有一个假期，

追剧到了夜深沉，

睡觉到了自然醒，

补偿了日复一日的忙碌。

结语

最激动人心的生活从来都在细微处，
生活的表面充满了假象，
幸福却藏在关门之后。
你看到的是闲适，是充实，
其实我们都有着不为人知的坎坷生活。
好在，我不曾过于矫情，
你也不用过多羡慕，
这凡尘里的温柔都在你自己的心门之后。

没有一个人愿意长大

少年

无知无畏的是少年的勇气，
有知有畏的是后来的人生。

我生长在江苏北部的一个乡村，

那里虽比不上江南的山清水秀，

却也是视野开阔，粮食丰收，

有水的地方有鱼、有虾、有莲藕。

吃得不那么饱造就了我们的野趣，

在自然中忙忙碌碌总得自由。

诗意

许多年后落笔成画，

才发现虽然贫穷，

可幸福的童年治愈了一生。

我的父亲为了补贴家用常常去打鱼，
和水打交道便是我童年的日常。

趁着他们忙碌中无暇顾及，
在门前的河里网上几下也有小虾小鱼。

一切体力劳动带来的欢愉，
美好了我们长长的少年光阴。

渔之乐

放学是每个孩子一天中最开心的事，

我们的放学路有点鸡飞狗跳，

惹得村里的大爷大妈们甚是烦恼，

晒得像黑泥鳅，脸皮有城墙厚，

只有在爹妈跟前是乖乖仔一个。

儿童节是个大日子啊！

操场上围成一圈的文艺小表演，

脸涂得跟唱戏的似的，

欢乐的气氛从人群里往外溢，

老师那天是和颜悦色、平易近人的，

我觉得唱歌的小芳是最漂亮的！

想当年那荷塘可不就是我们“承包”的，
芦苇杆是腰间别着的宝剑，
绝世的高手都要戴顶帽子半遮半掩着，
拍打完飞溅的水花，耀武扬威之后，
总要给小辈们留上几句他日再见的壮语。

除了正儿八经的甘蔗，

玉米秆子偶尔也可以嚼出甜味来，

那时牙口好，善于尝百草，

没有嚼不了的野味，

没有不敢下嘴的料，

只要是一丝丝的甜蜜，

总是逃不过我们的觊觎。

自由如风的暑假里，
能和父亲一起打鱼，
便有了一种被成年人认可的豪气。

现在回头看那时的荷塘可真小，
可是总有捞不完的鱼虾，
水清树绿，亦是孩子和大人的嬉戏地。

西瓜的甜蜜便是童年的至味，
它是夏天最让味蕾幸福的果实，
坐在院子里，摆好大凳子小凳子，
认真地品尝，绝不错过每一分甘甜，
天边的火烧云，掠过头顶的晚风，
暮色四合中有说不尽的满足。

结语

每个时代都有各自的好与坏，
情怀这东西随年纪增长愈发不能自拔，
回忆的奇妙是它能沉淀美好，
人生便是一个看山还是山的过程，
从简单到复杂，再回归简单。
乡村生活的起点也只是饱腹，
也曾是无尽的渴望与梦想，
经历过删繁就简的半生之后，
诗意像半亩方塘一鉴开，
伴随着天光与云影一起徘徊。

少年的夏天没有诗和远方，

有的是自找的快乐和眼前的田园；

被风

少年的夏天没有空调和大餐，

有的是与自然为伍的惬意和爽快；

少年的夏天有着几分的寂寞，

但在寂寞中也玩出了夏天的色彩；

过的

少年的夏天有着满满的创意，

因为那些年的夏天简单而纯粹。

大军说今天我们都要有件称手的武器，

行走江湖时才能威风凛凛。

我和大军是兄弟，

我们希望有一天能凭双脚闯荡到县城去……

好不容易攒了几颗五颜六色的玻璃弹子，
村口草垛边上是我们的游戏场地，
我的精准度一般都很高，
决意这个夏天把他们的都赢过来！

东边大河边玉米地里的玉米快要成熟了！

表哥带着俺趁着大人午睡时外出吃大餐，

先逮了些蚂蚱，又掰了几根玉米，

用碎木棍搭个烧烤架，

那美滋滋的香气好多年来一直萦绕在心里。

这个夏天的愿望是能吃几次冰棒，

在积攒了足够的资金之后，

终于在蝉鸣声中盼来了“敲击”，

冰棒这种凉凉的甜蜜，

一度让我觉得卖冰棒是天下最好的职业。

夏天中午的荷塘边是我的乐园，

两三本小人书就着树荫，
知了的叫声再喧闹也影响不了我的好心情，

像是自己的一个秘密基地，
有着独属于少年的一份诗情画意。

做个梦

和大军、大华在院子里上蹿下跳，

惹得俺妈火气直冒！

作业做完没？猪草割了没？

能不能让你弟睡个安稳觉？

我那鸡飞狗跳的少年时光啊，

在“打仗”“挨巴掌”“玩游戏”中热热闹闹，

屁股上没少挨打，俺妈没少放狠话，

可是她还是天底下最好的“俺妈”。

结语

风吹过的夏天，
那些快乐不言而喻地漫过心田，
嘴馋这件事贯串整个少年时期，
而在自然中吃和玩是我们的锻炼。
不过是十五六年的故乡经验，
却深深浅浅地造就了后来的个性和习惯，
那些年，我们有过的幸福与勇敢，
成为后来泥泞路上的温暖。

不过是个中年人，

有几分的油腻与执拗，

在闪亮

有几许的感伤与释怀，

谈笑间可以指点江山，

沉默时偶尔想起从前，

从前见识短，日子也艰难，

从前嬉皮笑脸，好似在眼前，

的日子里

回忆起来，从前的阳光总是灿烂。

从前的老师很威严，

从前的我们没人管，

从前早上给老师做的教鞭，

下午就打了自个儿手心，

可一切都是自自然然。

从前有个假期叫“农忙假”，
就着地里庄稼的收割期，
我们也是父母的“得力干将”。
没有经历过“汗滴禾下土”，
不足以谈现在的中年！

小时候的游戏很单一，

可是单一的游戏却玩得有气势。

我们遵守规则，尊重对手，

赢得装备，绝不反悔，

也骄傲自己有王者技艺。

我们在自然里摸爬滚打，

滑雪、爬树，磨破母亲缝制的衣服，

可是那些快活而又自由的时光，

一直深深地烙在了心灵的最深处，

疗愈了后来那些日复一日的碌碌无为。

草垛旁的空地是我们的游乐场，
放学之后、晚饭之前，
我们可以尽情地在那里比赛与游戏，

直到炊烟升起，
母亲的叫喊声响彻村庄与田地。

乡土情怀

一学期也总是很快，

没有人搭理的我们自由自在。

不挂“红灯笼”的考试是母亲的底线，

否则“家庭暴力”也很常见。

忽然一夜雪，

寒假就这么愉快地开始了！

长大一点的我们不再留恋简单的游戏，

搭上父母的自行车，

我们去了更远的村落和集市，

慢慢听到了城市传来的喧嚣……

有时候寂寞那样漫长，

曹操和刘备论英雄又在何方？

手持一串糖葫芦，

便觉得冬天和过年是人间最好的时光。

结语

那些年月总是想吃肉，
穿着姐姐的衣服也不觉得丑，
喜欢到山后去放羊，
看过湛蓝的天空，做着少年的梦。
那些年的快乐很纯粹，
摸鱼、上树、打弹子……
四体皆勤，五谷能分，
在自然中摸爬滚打、无忧无虑。
物质的贫乏并未阻挡精神的充裕，
我们终究把那些光阴变成了闪亮的日子，
偶尔追忆，流年总似水。

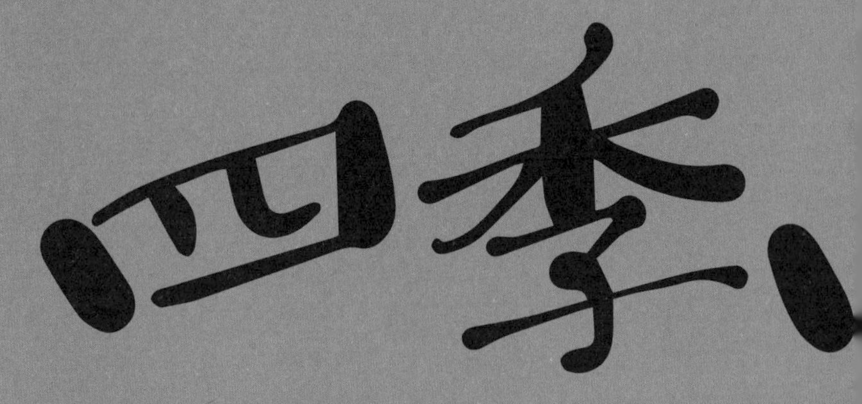

虽然立秋后有了几场雨，

但夏天的炎热并未退去，

整理还未完成的作业，

又是新的学期。

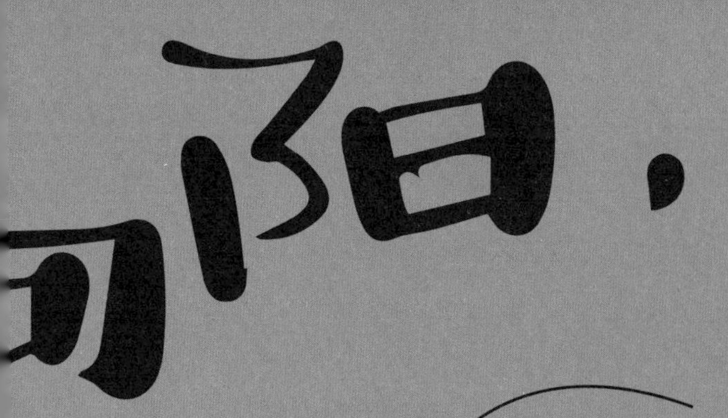

每个时代都有自己的夏天，

那些掩饰不住的欢愉啊，

野生长

那些曾经野蛮生长的少年时光。

夏天的回忆总是从岸边的芦苇叶开始的，
那是联系着节气和美食的记忆。
夏天将要来临，炎热由此开始，
白色的粽子里藏着蛋黄，
那便是少年时的人间至味。

踢足球的欢愉带来了城市的气息，

它可以联络我们一整个夏天的友谊。

哪个少年不追风？

哪个年少不轻狂？

开学虽近在眼前，

可是只要和小伙伴们在田间奔跑，

所有的快乐便油然而生，

我们从田野间来，

一直自由自在地野蛮生长着。

有许多自己的寂静时光，

有许多自我的天马行空。

我只是常常幻想——

摩托车最远可以骑到什么地方？

广州和上海有什么不一样？

北京的天安门是怎样闪闪发光？

江海和湖泊一直奔向远方，

也一直装在我心里。

理想是什么？

是山的那边海的那边，

有和我一样的少年。

和老牛在水塘里泡着的光阴寂寞又美好，

短笛里有着曲不成调，

却不影响我们彼此相处的逍遥，

有那样多的时间是用来成长的，

亦如我们年复一年重迭的梦想。

夏天的浓烈总是猝不及防，

夏天的欢喜亦是触手可及。

对这个世界的探索在夏天最为彻底，

对这个世界的情深都是少年的记忆，

我们的故事好像总是发生在夏天，

我们的情谊也都在岁月中各自温暖，各自散去。

童年时光

我喜欢那些年夏天傍晚的阳光，

金色、紫色、红色……

它们摇摇晃晃踯躅于我内心许多年，

后来似乎再也寻不到当初那样浓墨重彩的光亮。

结语

那些无知无畏的少年时光，
四季向阳，野蛮生长。
没有宏大的理想，
却一直有去远方的想象。
少年和夏天一直鲜活，
回忆里流淌的都是自由和阳光。
每个年代都有自己的无与伦比，
无所谓好，无所谓坏，
可贵的是那些你后来走向的远方。

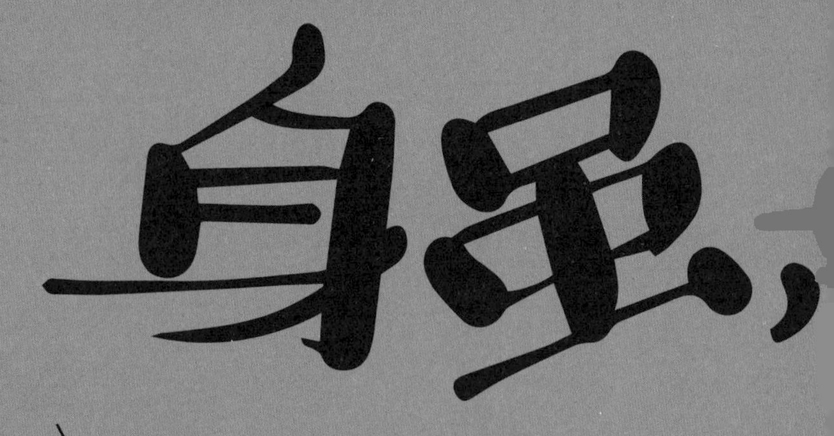

少时我曾以为在田野间肆意最为快乐，

后来读书开悟，

我以为去县城买画笔就是快乐，

再后来去省内考学，我方知外面的世界大不同，

少时的幻想与孤独以及无拘无束，

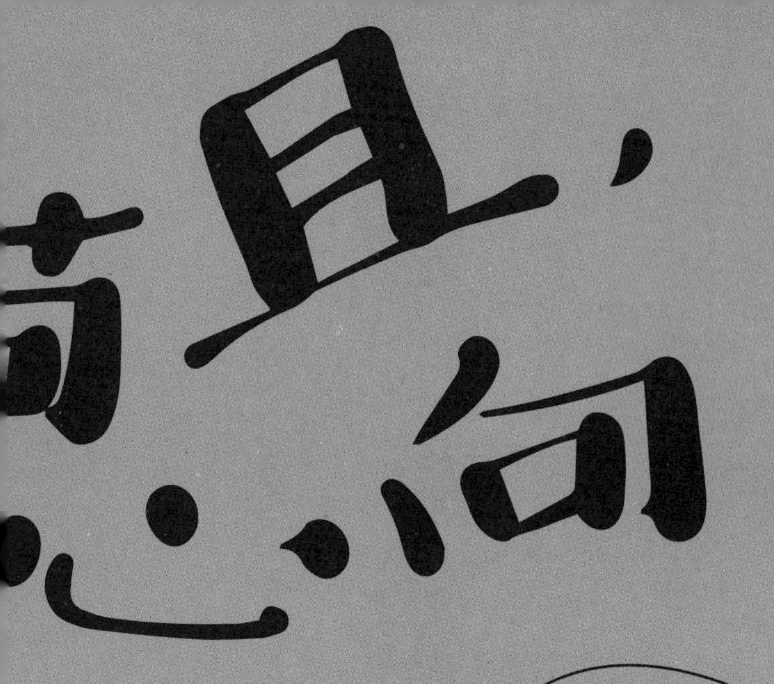

像是一场命运的馈赠，

我只要提起笔，
那些情境便汹涌而来，

带着草香、鸟鸣，
甚而是鸡飞狗跳，

让我欢畅地记叙着那些年的情怀与梦想。

从童年时，

我便独自一人，

照顾着历代的星辰。

少时的孤独里带着巨大的英勇，

天马行空中赋予了自己某种责任。

身虽苟且，心向远方。

去年，一节丢弃的莲藕和一水缸的淤泥，

从小荷初起到六七月的花开似梦，

亲手栽种的欢愉深深地打动了自己，

夏天在眼前，

夏天便是一个人静静的欢喜。

知了叫得最欢畅的午后，

两三个玩伴于树荫下举棋厮杀，

有一种长大是学会了思考，

有一种沉默是心有了力量。

不知道为什么，

每至雨季我总是想起这样的女娃娃，

她们叫小芳、彩霞、红梅，

她们腼腆而羞涩，勤劳也聪明，

她们像是身边不起眼的小野花，

后来慢慢都散落在天涯。

每至盛夏，
当白色木箱子的棉衣被揭开露出冰棒时，
它仿佛完成了我一个夏天的理想，

那一分一分攒起来的奖赏，
在味蕾的甜蜜中融化并慢慢流进心房。

夏日理想

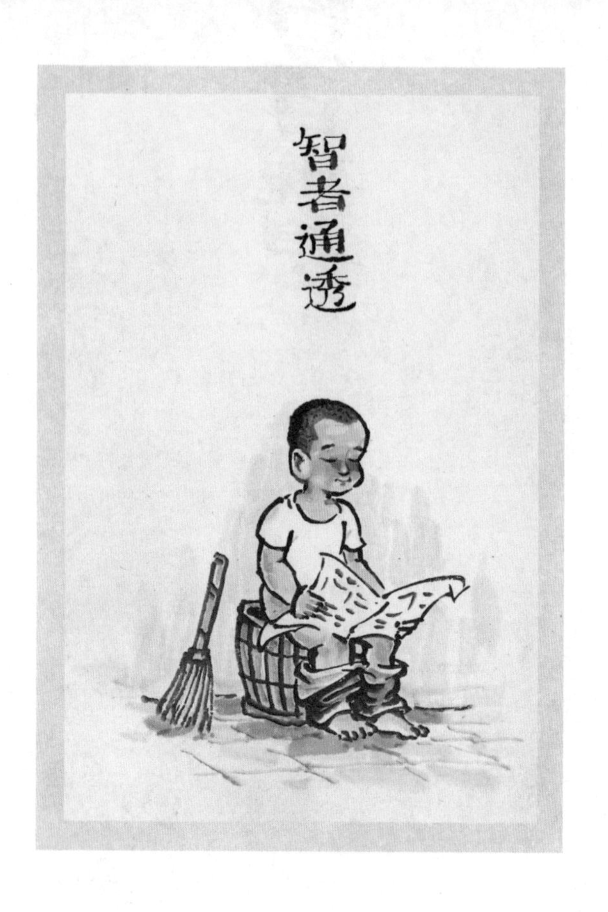

智者通透。

父亲偶尔带回来一张报纸，

让我曾急不可耐的如厕变得有了趣味，

有些似懂非懂的描绘，

让我知道县城之外还有另外的高山大海。

看小人书曾是我打开世界的方式，

我喜欢看里面的兵器与铠甲，

我痴迷于猪八戒吃得酣畅，孙悟空打得淋漓，

我也幻想关云长、赵子龙的英武神威。

我觉得《地道战》简直就是智慧的结晶。

池塘边的荷花总是触手可及，
夏天的雨也总下得酣畅淋漓，
少年时那些深浅分明的脚印，
滋养了许多年后平淡的人生。

结语

少时的顽皮与欢畅历历在目，
虽身处乡野，见识微浅，
却在大自然的趣味中学会征服与思考，
农村生活让我与自然相互依靠，
即便在日后长长的城市生活中，
依旧能有对抗孤独的能力、乐观的勇气、
坚持的信念。
写给少年，绘给乡村的光阴。

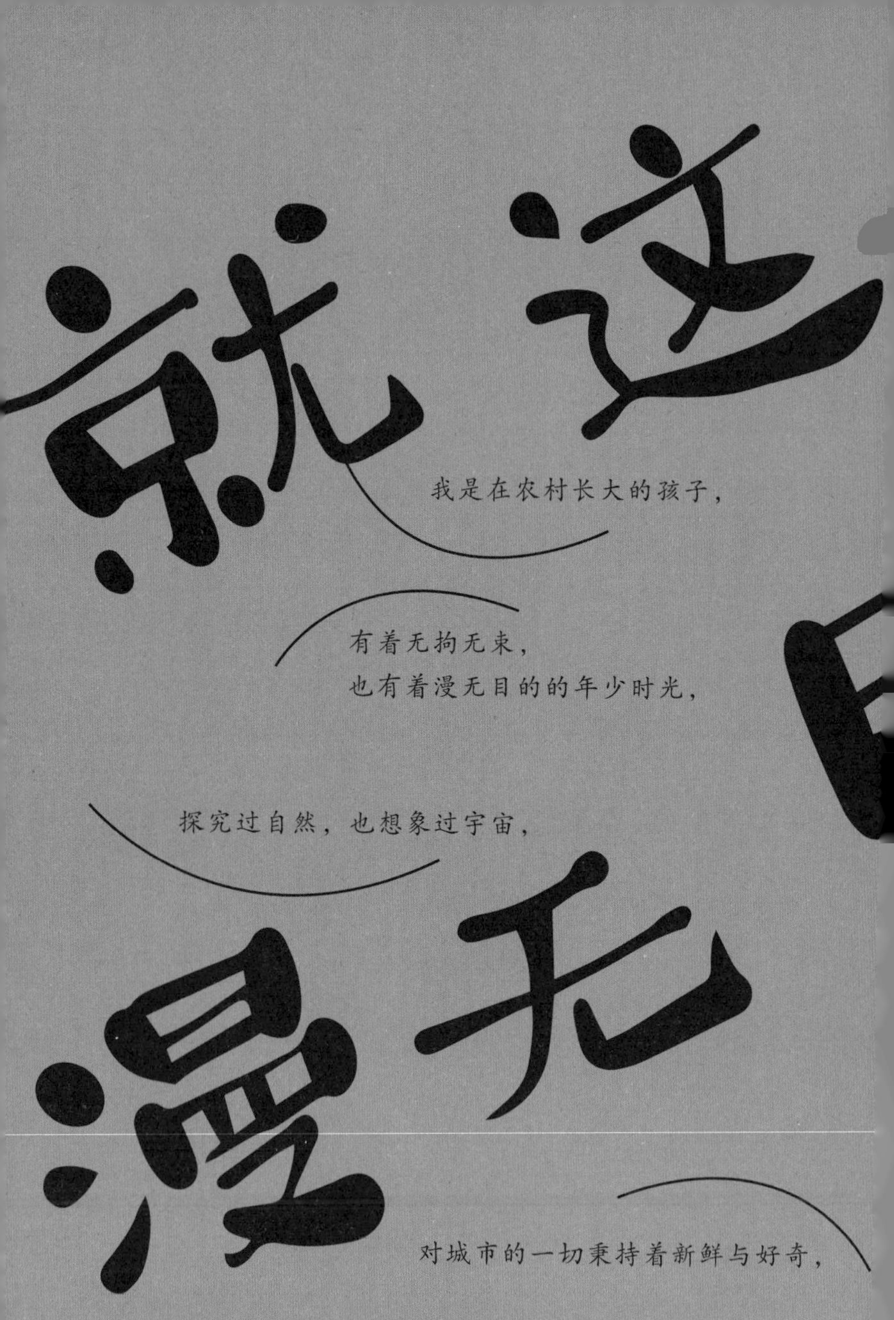

我是在农村长大的孩子，

有着无拘无束，
也有着漫无目的的年少时光，

探究过自然，也想象过宇宙，

对城市的一切秉持着新鲜与好奇，

洋

对周遭的世界了然于心且充满幻想，

的地

游荡

这一切都伴随着我们的野蛮成长。

乡村的冬天有着自然赋予的一切萧瑟，
但是只要有几个顽皮的孩子，
这世界便有了鲜活的画面，
我们便是平原上的小树，
逆风，狂奔，成长。

物竞天择

自然便是物竞天择，适者生存，

小时候的乡野并没有环保的理念，

一切可以吃的，可以改善生活的都是正常的存在，

爬树、打鸟儿、下河、摸鱼虾……

文明的发展是伴随着物质的改善才有的，

我们需要吃来获得对这世界的主动权。

身边的一切物件都可以成为打斗的刀枪剑戟，

所有无聊的光阴里都有一颗蠕动的心，

俺妈对俺的要求不高，

期末考试没有“红灯笼”就可以去镇上溜达，

否则就在家收收心吧。

只记得那个微暖的早春三月，

风在耳边呼啦啦地吹着，

我在麦地里打着地标等着，

没有一个小伙伴，没有母亲的寻找，

寂寞那么漫长，

漫长得我都记不得怎么忽然和父亲比肩而立了。

想起来自己是队长，
还有三个小子是跟班，

说好了放学早去小河沟上比赛滑冰的，
只希望俺妈不要扯着嗓子全村地喊，

俺也是要面子的少年。

小队长

草垛挡住了西北的风，
阳光正好，躺在石头碾子上，
少年越发不爱凑无聊的热闹，
脑子里全是些胡思乱想，
成长是从离群索居开始的，
成长亦是从许多的自我怀疑开始的。

父母有事晚归，
没有解决不了的晚饭，
没有一个人对付不了的夜色。
烤红薯、烤玉米、炸花生……
只要有一点点食材，
我们都能在自然中尽力成长。

冬天，小屁孩们在墙角晒太阳，

晒着晒着便开始了挤墙，

破旧的衣服上全是灰尘，

皲裂的脸蛋上都是笑意，

脚上的棉鞋露出了棉絮，

但快乐简单而纯粹，

后来只要一想起来就全是暖意。

结语

那些年我们漫无目的地成长，
和自然有着最亲密的接触，
有着征服一切的能量和欲望，
对外面的世界充满向往却一无所知，
有着骨子里的谦卑与自尊，
有着耀武扬威的冲动与幻想。
少年时的无知、英勇、暴怒都是那么直接，
直到有一天我们淹没在人海，
才想起来的确有那么一个自由如风的少年存在过。

我在人间找乐子

张三

他是怀旧的，是世俗的，是乐观的，是随性的。
他在漫不经心守光阴，也在张弛有度忙生活。

胖子有胖子的豁达与开心，

胖子也有胖子的烦恼与担心，

体重随岁月渐长，

英雄气概随着体重逐渐沦丧，
总有
张三决定在夏天的汗流浃背中，
不甘
试一试自己的决心——
动起来！减肥去！

据说胖子睡觉的呼噜声可以震天，

爱吃且容易犯困，

望着与日俱增的体重和遥不可及的脚尖，

减肥这件事似乎必须提上日程。

先从规律的生活作息开始，

早睡早起，

先在大树下活动活动身体，

左三圈右三圈拉拉筋，

右三下左三下伸伸腿，

这种感觉还有点美。

动作有些多，

咱也来点静的锻炼，

今儿左右各舀三瓢水，

明儿再各加一勺，

循序渐进，必有长进！

我的身体我做主，

我的减肥我用心！

大鹏展翅，黑虎掏心……

国粹是真本事，

皆可强身健体，

我的柔韧度看上去还不错！

还是水里的日子令人舒爽，

小时候的童子功依然在，

但安全是第一条，

套上我的小圈圈那才叫自由自在。

据说跳广场舞减肥也很明显，

加入姐姐们的社团，每日孜孜不倦，

伸伸胳膊高抬腿，

左三圈右三圈，

虽然有些恍惚，可律动的节奏很给力。

一到夏天，总想减肥，

如此轮回，又是一年。

生命在于运动，

生命亦在于折腾，

或许等到秋天来了，

夏天的不甘就会通通放下了吧？

结语

减肥年年有，年年在减肥，
生活最重要的滋味来自吃，
生活最颓废的感觉是不能吃，
年纪越大，动得越少，代谢越慢，
脂肪把自己堆积成一个『富人』，
体检总是令人胆怯。
夏天里的快乐与哀愁啊，
是动还是懒散？是吃还是不吃？
都是你的嘴说了算！

跟岁月

这些年我们排过很长的队，

抢过很多的菜，
张过无数次的嘴，

与生活

于三尺陋室惦记过窗外的风景，

不止

理解过许多混乱的信息，

放弃了一次次想要自由的心情，

人生的经历有时
一半是海水，一半是火焰，

手言和，

有时从容，有时魔幻。

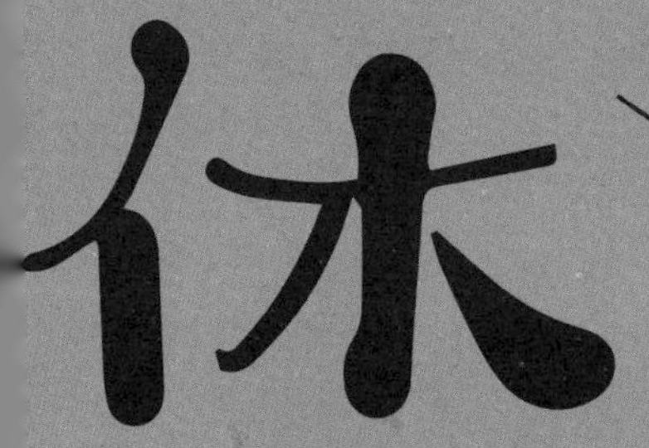

总记得春天的时候，

不曾困于情，亦不曾困于过往，

只是被困在了两室两厅，

听过各种嘈杂，亦有过各种不淡定，

总算是和家人有了段长久的不离分。

办法总比困难多，

当理发师成为某一时间的稀缺人才时，

我们在厨卫之间也能游刃有余，

人至中年，总会有些生活的经验，

来消释那些当下的不痛快。

光头好打理，

有些气质梳理需要花费一些心力，

这世界没有绝对的美丑，

有的只是对自己的不懈怠，

三七分，定好型，

人间的趣味源自对生活的热爱。

气质梳理

如今看来，能搬砖的日子是痛并快乐着的！

向生活低个头，跟岁月握手言和，

也是英雄主义的一种！

岁月总有它的薄情之处，

而深情的人用行动来驱动生活。

生活需要目的和方向，

但不是所有的努力都能到达目的地，

在理想和现实之间，

大约还需要几分的天真与执拗，

都是尘中客，莫笑他人痴。

来吧！来给生活比个“二”！
既然岁月给予了我厚重与孤独，
那我便还之以幽默与洒脱！
在街头种下人间烟火，
生活嘛，“二”也有“二”的幸福。

结语

生活大约是又按了重启键，

在许多的纷纷扰扰之后，

给了你想要的自由。

所有的经历都是人生的一份体验吧，

无论如何，

豁达地委身于生活的河流是积极的选择，

这个世界没有那么好，也没有那么糟糕，

总是要继续走下去，

看看天上的云，吹吹南来北往的风，

与这生活不止不休地相爱相杀下去，

方才值得在人间的这一场缘分吧。

回忆起来的时候，

人生的经历里总有些“最”字。

牵手的时候心跳得最快的那一刻，

爬过一次山，看过最美的日出，

可

而就我四十多年的人生经历而言，

这个盛夏成了最干最热的一次回忆，

地

所以对这段时光只想别过，

秋风送爽成为最急切的快意！

句里

以往六月底七月初的梅雨下得人发愁，
今年直接晴空万里，高温走起。

以往去海边看到蓝天白云甚为愉悦，
如今对蓝天毒日头变得厌倦。

以往早出晚归，浪荡在晚风里觉得自由，
如今被热气灼伤，恨不得抱着空调呼吸。

下点雨吧

每日最勤奋的事是：

把天气预报拉到15天的尽头，

看看凉意在何处招摇。

喝凉茶、深呼吸、看绿荫、不生气……

努力秉持着一份对夏天的善意。

立秋那天，

狠狠地在桥头吃了夏天最后一次西瓜，

跟蓝天白云友好地告了个别，

跟滚烫的石板桥说了句辛苦，

感激路边香樟树的绿荫，

秋天了！秋天的早晚总会有些凉意吧。

早起有了些许凉意，

我要将全身上下灌满秋风，

以满足自己对秋天的殷切之情。

还有些贪心之念，

尽快来一场透彻的大雨，

灌溉一下这方干涸的土地。

就着这少许的凉意和晚风，

我且自由自在地暴露在夜色里，

接纳一些北方来的云，

听听草丛里的小夜曲，

秋天终究会打败夏天，

这是季节给予的底气。

与长夏别过，与秋天一醉方休。

看残阳夕照，听渔舟唱晚，品凡俗烟火，

在嚣张之后，

总需要一些不急不缓，随性自由，

来醉卧秋风。

结语

窗台下是秋虫的微鸣，
耳边听得到悠扬的歌声，
摇着头的电扇缓缓带来的风，
一杯茶水也倒出了秋天的悠远，
这光阴可爱，
人间亦滋生出小小的欢喜。
和夏天就此别过，
多画些秋色，多听听秋天的雨声，
在山河大地的诗句里多住一段日子。

中秋将至，月大如盘，

抬头望月，总有美人兮在云端，

中年人

这份少年时就有的好奇，

后来延续了许多年。

于是基于后来的“一念之差”，

于笔墨间叙写了一段佳话。

告诉你们关于理想这件大事，

即便远在飞云之上，

也可胆子大一点。

月光如水，孤独相随，

月亮圆了一回又一回，

年轻的时光还只是如影相随。

广寒宫内的玉兔还在忙碌捣药？

嫦娥姑娘也在顾影自怜？

天下之大，相似的人一定很多吧。

啥也不想，继续睡觉，

一个人的日子啥也不缺，

但全世界的人都告诉你你缺了啥。

这份“警告”常常令人沮丧，

于是睡梦中有了个大胆的理想！

那是某年的某个冲动瞬间，

趁着人间忙碌无暇顾及，

直取九霄，闯入冷宫，

带走了同病相怜的人。

笔下的自个儿，英勇无人能敌。

姑娘是个好姑娘，

待了一年，举头望月时还是想家，

俺告诉她俺特意买来了西市的月饼，

吃了就好啦！

人间一年，天上可不才一天吗？

不打紧的呀。

吴刚的树要砍到猴年马月？

人生一世，草木一秋，

好在玉兔在人间有了好友。

又是月圆夜，

俺们家的嫦娥学会了蒸煮。

这个中秋幸福感飙升，

妥妥已是一家三口，

夫人厨艺高，俺赚钱欢乐多，

原来俗世的日子最是幸福。

日子如流水，滚滚向前，
人世间的日子才叫人流连忘返。

又逢过节，陪夫人采买，
哪样便宜？哪样正当时令？
夫人已是如数家珍。

这美好的光阴啊，是俺一手打造的。

烟火人间

夫人可还想家？

——此心安处是俺家。

今年中秋夫人想要啥？

——有翠花和二蛋已心满意足啦！

夫人是全天下最好的仙女。

——你这个莽夫也不差。

结语

这世界给孩子们看的童书多如牛毛，
偏偏少了中年人的童话，
我们都曾年轻过，英勇过，做过莽汉，
方才有了后来的包容与嬉笑怒骂。
我们在理想中都曾路过某个姑娘，
用尽全力，奋发图强，
我倾心，你倾城，
都在用心用力地叙写着各自的人间佳话。

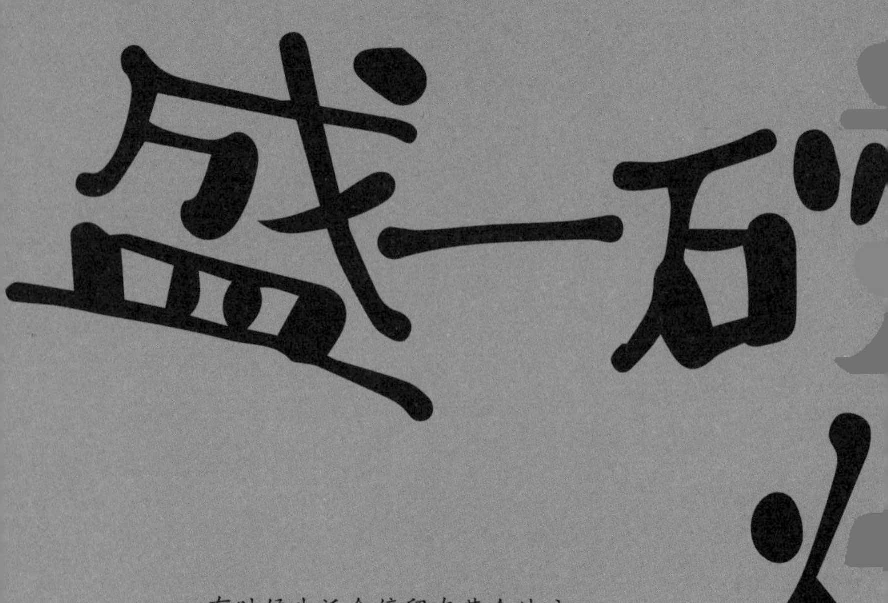

有时候生活会停留在某个地方，

一日三餐的重复磨没了看山看水的心境，

每个人的心里都有无法言说的纠结，

但坚强的我们一直努力地疗愈眼前的生活。

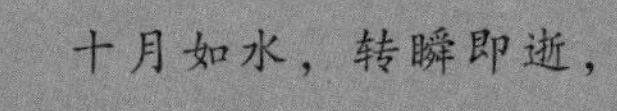

十月如水，转瞬即逝，

有一个躺平的假期，有柴米油盐，

有眼前的秋色，有岁月的浪漫告白。

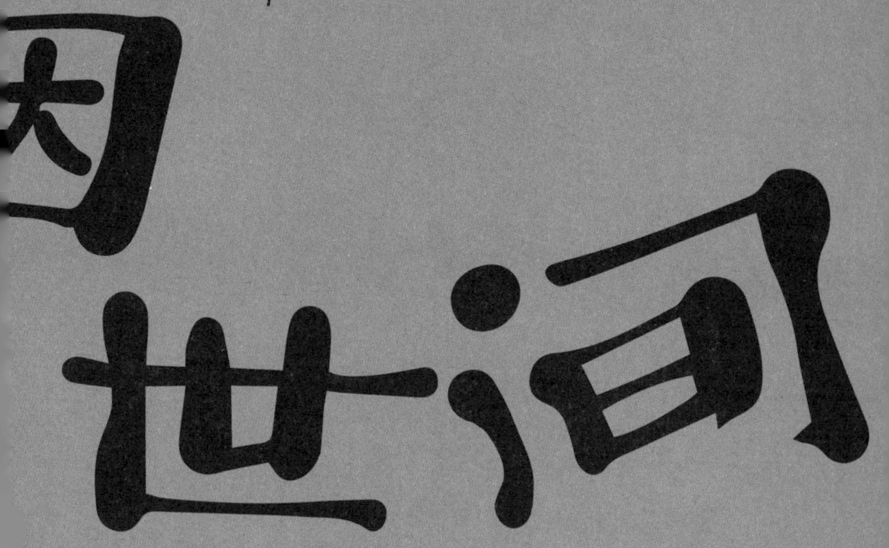

九月底的时候去了胡辣汤的故里，
匆匆而过，也体会了不一样的风情。
落笔回忆的时候希望那里的乡亲平安顺遂。
脚步被困住没关系，
只要灵魂在路上。

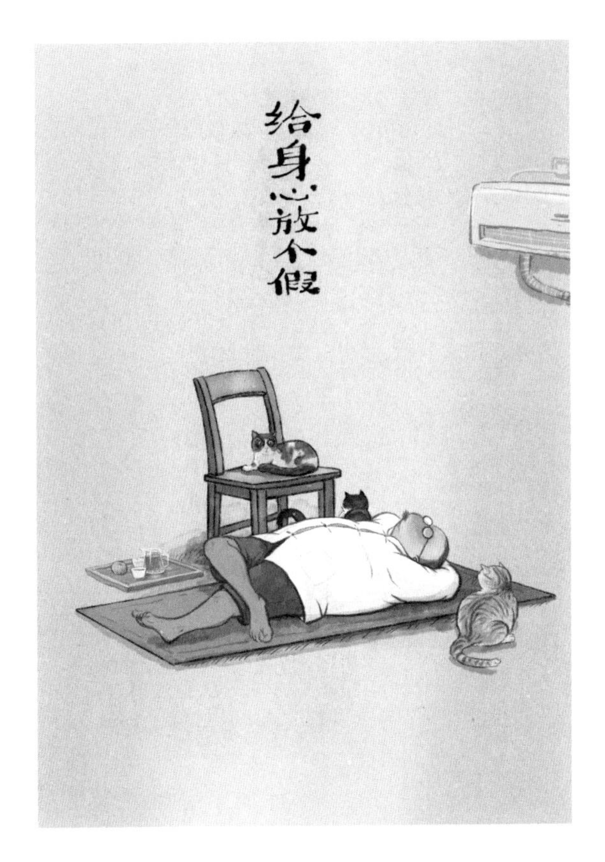

十月初始，心里头闹哄哄了一下，

大约是上了些年纪，

能偶尔不作为地躺平几天便是快慰。

有些路上的风景能不能成为心里的诗？

有些经历的苦痛能不能成为日后的宽容？

眼前的浮华能不能让它随风飘散？

都是我们该有的反思与修行。

早起的鸟儿有虫吃，早起的虫被鸟儿吃。

辩证地看问题，

该是我们作为成年人的思考方式，

世事无绝对好坏，

但不努力一定没有机会。

早起看花吐蕊，与鸟儿约会，

当知这人间仍有细碎的美妙趣味。

母亲说只是两棵柿子树，

送完左邻右舍，送亲戚，

还剩余满满的一大堆，

要么做成柿子饼，过年你也能尝个味。

四季轮回，栽种的人从不空手而归，

有时付出和得到的确不成正比，

有时收获却远远超过你的预期。

生活就在眼前，

丰不奢靡，俭而不陋，

自己的日子自己来托底。

俗世自有俗世的烟火，

灶台前有灶台前的酸甜，

打开一本书有远方和情怀，

窗外除了风景还有滚烫的人间。

爱吃的人一定热爱生活，

吃也是生活的一种疗愈，

宽慰我们那不太如意的人生。

应时应景地生活，

不要太潦草地敷衍日子，

生活里的小丧、小敏感、小惊讶，

终究会有一个愉悦的收尾。

热爱生活的人自是从生活中看到幸运，
每一束秋天的阳光都有自己的光彩，
秋色的绚烂里有自己对光阴的告白，
草木一生，片片皆是情。
有意义的人生，不是耽于想，
而是立足眼前，过好当下，心存理想。

结语

想来人这一生，
好事会有，坏事亦常发生，
从年轻时宣泄求告到后来的沉默与承担，
终究是一路走一路去了然。
把一件复杂的事变得简单是智慧，
把生活的细碎日常变成诗更是能力，
不全然附庸物质与金钱，
你有多热爱生活，
生活便回馈你更多的思考与喜悦，
岁月于你是失去，亦是一场漫长的告白，
重要的是你有没有用心去体味与理解。

不如做只猫 猫咪

看淡世事，内心安然，把日子过出自己的颜色来。
心大了，所有的大事都小了，反之亦然。

的

王富贵是谁？

王富贵是我们想象中的“楷模”，

它有些跩，有点小气，

它精打细算，经营有道，

生活

庸俗”

日子过得滋润，不算是一只败家的猫。

富贵是我们的向往，

富贵是艰难生活中的一抹光。

行商坐贾。

王富贵有自己的算盘，

有自由的日子，

但决不能坐吃山空，

细水长流，有进有出方为生活。

落袋为安。

虽腰缠有千贯，

但每个子儿都有响声，

须精打细算，进出有度，

方才有来日方长。

淡定从容。

远方有远方的诱惑，

近处有近处的不舍，

家里是最舒服的远方，

近处有最自得的生活。

吃茶去。

有这样一些寂静的午后，

一盏清茶，三分闲情，

剩下的七分无所事事，

计划明年早春自个儿做茶去。

强身健体。

城市越来越大，像个迷宫，

王富贵偶尔行走，最爱僻静处，
看山看水看花开花落，

强壮了身体，洗涤了灵魂，
回到城市继续悄悄赚钱，随性生活。

城市游走
王富贵

放飞自由。

厕所是自由的极限地，

王富贵也有着同样的体会，

带上手机，让时间飞一会儿，

天下的大小事都来观摩观摩。

清风明月。

有三杯两盏淡酒，自斟自饮，

有九月晚风撩人，喜不自禁。

心有畅快，不必言说，

只与清风明月做挚友。

今夜无梦。

夜色朦胧，触碰到枕头便入梦，

这便是王富贵的幸福。

活在希望中，

而不是欲念中。

结语

我们常常梦想『如果那样就更好了』的生活，
我们亦常常梦想一夜暴富，
我们知道富翁和渔翁晒太阳的故事，
我们也知道有种自由叫财务自由。
王富贵大概就是那个光阴和财务都自由的『拆迁户』。
我们成不了王富贵，但我们能成为自己。

我叫黑妞，

对！是个女生，

夏

比较热爱生活，

偶尔垂钓，有时放纵，

也有些大大咧咧，

的

好在从不看他人脸色。

最近瓜不离口、扇不离手，

想来这夏天的随心所欲便叫作自由。

日幻想

趁着早晨的微凉，
打工、钓鱼、赚口粮。

俺娘说，
早起三光，迟起三慌。

夏天的丰盛里也有劳作的汗水。

早起赚口粮

夏天是什么味道？

是西瓜，是冰棍儿，是烧烤，

是你瞧着我时，

便知道夏天代表着美妙。

纳凉

树荫下纳个凉，

虽蝉鸣鸟儿叫，

倒也算不得打扰，

有瓜吃，有凉风，

日子是自个儿安排出来的逍遥。

张三说："天热，咱们互不干扰！"

虽没有了他的大腿可抱，

我也有自个儿的妖娆，

就着墙角的阴凉无所事事，

趁着阳光热闹且睡上一觉。

你说啥？

你的孩子不见啦？

昨儿还有一群蝌蚪找过妈妈，

看上去和你长得不太一样啊！

周末如期而至，

奖励自己一份悠闲。

在这陈旧的人间，

把自己活得新颖一些。

结语

有最长的白天任你幻想，
有深邃的黑夜由你歌唱，
夏天的散漫里总多了些自在，
夏天的热烈里有生活的愉快，
黑妞是只猫，黑妞是个女生，
有时有点不太聪明的样子，
可这并不妨碍它对生活的热忱，
黑妞该是我们生活里的小小美好与理想吧。

收割散漫

盼望着，盼望着，秋天来了，

春困、秋乏、夏打盹儿，
睡不醒的冬三月，

总之，一年四季都跟床有缘分。

场
光

没有几个人能真正地躺平，

但家里窝着的那几只猫有着它们的幸运，

吃、睡、玩、撒娇、求抱抱……

享尽了大多数人梦寐以求的人生。

秋天的一场台风雨水淋淋，
池塘里的花只剩下最后的欢欣，

想着空落落的花瓶，
采摘了去填满黄昏。

黑妞随行，
看着它傲娇的模样，
便觉得一只猫也有着自己的心情。

在雨中

隔壁的富贵自恋得紧，
龇牙咧嘴间，咆哮了两声，
便觉得英勇无敌，帅气逼人，
只是张三一敲门，
就变得油腻又可人。

睡到自然醒，饿了有饭盒，

哪儿舒服哪儿待着，

哪儿风景好便哪儿搁着，

大脸盘子常被亲，

甜心、宝贝，常常换着名，

这无与伦比的人生啊，

嫌朕胖的都是酸酸的刁民。

喵！

窗外的鸟儿八卦有点多，

打扰了我的清心，

今天的余粮有点多，

想来张三有个不错的心情，

一会儿到他桌上蹭两口茶水，

反馈一下我的暖心。

天若再冷些，便可以围炉啦！

张三用火盆子烤两三个红薯，

在不那么明亮的阴天里，

却有着最惬意的温暖。

看到他眯着眼大快朵颐，

我想和我吃小鱼干有着一样的快乐吧！

夜深沉，张三却不犯困，
依旧笔耕不辍，恍若无人，
天气预报说台风夜会暴雨倾盆，
我裹了裹小毯子，
看着笨蛋汤姆和小杰瑞斗智斗勇，
但总有点“哀其不幸，怒其不争”！

结语

夜雨如注，几只猫安稳如斯，
因为懒散，所以养了不用遛的猫，
因为简单，所以性格里不敢有太多的黏腻。
看它们在夏天抖落了一地的毛，
在秋冬慢悠悠地吃饭、晒太阳，
伸伸懒腰，打个盹儿，
便看到了日子散漫而温暖的模样。
强大是坚硬的，它能装饰棱角，
弱小是柔软的，它能治愈心灵。

张三同志想念故土的父母，

过年是必定要回乡团聚的，

在城市混迹的我们也随张三还乡省亲，

看一看乡村过年别样的风情。

据说第一拨回村的小伙伴，

已经在广阔的天地大有作为，

不再是当年只知奔跑的顽童了。

收拾行李这件事真的令人开心，

张三的“小毛驴”尚且敞亮，

一路颠簸着随他下乡去。

张三的歌声与我的歌声一路相伴，

声嘶力竭间越过公路与田野，

啊！这乡村可真广阔啊！

小情歌

村里有个姑娘叫翠花，

早些年有过一面之缘。

而今也是个俊俏的小姑娘，

张三说对上眼可以相个亲。

总觉得崩爆米花很威武，

张三说可以帮他三叔年前多赚点钱，

不知道乡下可不可以卖萌，

想想还是凭实力干活比较可行。

跟着张三混哪儿有不讨好他的道理。

黑妞很是能入乡随俗，

据说张三今儿个要去赶集，

一早就屁颠屁颠黏着他，

那一身花衣服着实喜庆，

就是气质一直高冷，生人勿近。

下了一夜的雪，

果然在乡村才有冬天的感觉，

扫雪，堆雪人，到处都是孩子们的笑声，

这个年看来得忙个不停。

趁着阳光温热的午后，

放松一下这些日子过于欢快的身心，

零食管饱，好剧任看，

张三说：过年嘛，你们且尽情放肆。

过年真好！

在张三的盛情之下穿上过年的新衣，
戴上过年的虎头帽，
王富贵和黑妞这对活宝像俩唱大戏的，
在糖葫芦的“威胁”下，
俺这才给张三几分薄面。

结语

跟着张三回村里过年，
开启这一年一次的回乡之旅，
虽说乡村的条件比城市差点，
可是热闹的气氛那是没的说，
一个村里一件事聊个没完，
一个村里根本没有隐私可言，
一个村里大爷大妈那得从头叫到尾，
一个村里的人好像都沾亲带故。
过年好！嗯，过年真好啊！

我有一朵花

专属篇

女儿短短的一句关心，是父亲心里长长的慰藉。

女儿嫣然一笑，父亲的夜空便长满星星。

在我眼里，你就是个小仙女，

我常常因为你是我闺女，
而暗自欢喜。

我们在海边玩了一下午的泥巴和城堡，
我觉得那是值得一辈子珍藏的记忆。

咱们俩

有时夏天的开怀是周末的肆意，

有你陪我大快朵颐，

我觉得很开心，你懂了我的欣喜，

有时你对我问东问西，

我觉着我腹内的诗书有点跟不上你的好奇。

你说不要告诉你妈咱偷吃雪糕的事，
没问题，我是你的心腹，
绝对不做彼此的叛徒，
必须击掌为誓。

每次你坐在我身后我便觉着很安心，
虽然也有过一次骑上便跑，
把你扔在风中迷乱的大意，
好在你淡定地知道我一定会回头找你。

看着你画画时专心的样子，

便知道你跟我一样。

我只告诉你笔随心动，

画画是件开心的事情，

不必拘泥于技巧和笔法，

只管愉快地纸上嬉戏。

虽然你小时候胆小，对有些运动很是抗拒，
但好在慢慢长大后咱们有了目标，也有了决心。

我很得意半个小时就教会你骑车，

看着你慢慢离我而去的背影，
我有点不知所谓的小小失意……

春天里

我想把这世上最美好的都给你，

我希望你能自由自在做你喜欢的事，

尽管青春期的你有点臭屁脸，

可我还是甘之如饴，

大约这就是“爸”气十足的日子。

结语

从一个小小人到与我比肩而立，
做了十来载的父亲乐此不疲，
因为一个孩子，日子变得忙碌，
也因为一个孩子，日子变得有了意义，
父爱的表达有些木讷与生硬，
好在日子久了便都心照不宣。
只要有你在，
哪天不是父亲节呢？

图书在版编目（CIP）数据

心有花田万事香 / 姑苏阿焦著 . -- 长沙：湖南文艺出版社，2023.11
ISBN 978-7-5726-1375-3
Ⅰ . ①心… Ⅱ . ①姑… Ⅲ . ①随笔－作品集－中国－当代 Ⅳ . ① I267.1
中国国家版本馆 CIP 数据核字（2023）第 156814 号

上架建议：畅销 · 文学

XIN YOU HUATIAN WANSHI XIANG
心有花田万事香

著　　者：姑苏阿焦
出 版 人：陈新文
责任编辑：匡杨乐
监　　制：毛闽峰
图书策划：史义伟
特约编辑：孙　鹤
营销编辑：霍　静　刘　珣　焦亚楠
装帧设计：樊　瑶
出　　版：湖南文艺出版社
（长沙市雨花区东二环一段 508 号　邮编：410014）
网　　址：www.hnwy.net
印　　刷：北京中科印刷有限公司
经　　销：新华书店
开　　本：775 mm × 1120 mm　1/32
字　　数：80 千字
印　　张：8.25
版　　次：2023 年 11 月第 1 版
印　　次：2023 年 11 月第 1 次印刷
书　　号：ISBN 978-7-5726-1375-3
定　　价：49.80 元

若有质量问题，请致电质量监督电话：010-59096394
团购电话：010-59320018